U0014142

中文版故事

http://qrcode.bookrep.com.tw/open-c

英文版故事

http://qrcode.bookrep.com.tw/open-e

掃描 QR Code 或輸入網址下載音檔，
就可以聆聽中文版和英文版的故事！

　　小熊出版的中英雙語繪本系列，故事以中、英文並列方式呈現，也錄製
了中、英版本的故事音檔，可讓孩子透過讀與聽培養語感，再模仿發音和語
調，自然而然的說出兩種語言，把握語言學習黃金期，不只用眼睛閱讀，也
用耳朵和嘴巴閱讀。

　　此外，本系列還特別收錄具有互動功能的故事，讓孩子能和書中角色一
同推進情節發展，雙方彷彿在玩一場有趣的互動遊戲，除了在遊戲中培養孩
子的好奇心和想像力，同時也增進親子對話的美好時光。

　　讓我們陪伴孩子，一起盡情在遊戲中學習吧！

Don't Open This Book !

不要打開這本書！

文圖 拉爾夫・布茨科夫　譯 汪仁雅

Ralf Butschkow

哦！不！你動了！
這下子動物都跑走了！

Oh no, you moved!
The animals are jumping away!

拍拍他們的屁股，讓他們停下來。
Tap their bottoms to stop them.

動物園出口

呼——搞定了！
但是有隻動物比你快，
他已經躲進小屋裡。

Phew, that worked.
But one of the animals was faster than you
and is hiding in the shed.

快翻到下一頁，
我們一起去追他！

Quickly turn the page,
and let's go after it!

喔喔！這裡好暗。
什麼都看不見。

Uh-oh, it's dark in here.
You can't see anything.

按下開關，把燈打開！

Press the switch,
and turn on the light!

抓到了！
他們在做什麼？
是不是打算偽裝自己？

Gotcha!
But what are they doing there?
Do they want to disguise themselves?

把油漆桶蓋起來，別讓他們繼續塗在身上。

Close the paint cans so they can't continue painting themselves.

來不及了！五隻動物的動作
比你快多了。

Too late! The five animals
were faster than you.

仔細看，
逃走的動物躲得真好。

Look closely.
The runaways are doing a
good job of hiding.

把他們全都找出來，**用手擦掉他們身上的油漆。**

Find them all and **rub the paint off their fur.**

哦！親愛的，你一定是擦得太用力了！

動物都開始抱怨起來。

也許你可以幫他們？

Oh dear, you must have rubbed too hard!
Now the animals are quite grumpy.
Maybe you can help them?

把書倒過來，用力搖一搖，
讓油漆再流回動物身上。

Turn the book upside down and shake it.
Let the paint trickle back
to the animals again.

糟糕！什麼都看不見了！

Oops, you can't see anything anymore!

深吸一口氣，把所有的顏色都吹掉。

Take a deep breath and **blow away** all the colors.

哇！動物變成五顏六色了！

Wow! The animals are much more colorful now!

用你的鼻子沾一下黑色油漆桶，幫他們**塗回**正確的顏色。

Dip your nose into the black paint can
and **paint** the animals correctly again.

但是要小心一點喔！
這五隻動物很怕癢。

But be careful!
The five are ticklish!

太好玩了！
現在動物終於恢復原來的模樣。

That was fun.
Now the animals finally look like
they did before.

拍拍手，讓他們知道你跟他們
一樣開心。

Clap your hands to show
them that you are happy
with them.

現在回去動物園，
蹦蹦！跳跳！

And now back to the zoo,
hop, hop!

把動物**移到**籠子裡。

Move the animals back into their cage.

動物園出口

真棒，你做到了！
所有動物都回家了。

Bravo! You did it!
All the animals are
back home.

現在只要鎖上門，
**把手指頭放進鑰匙
孔，轉一圈。**

Now just lock the
door.
**Put your finger in the
lock and turn it.**

喀噠！
但是門真的關好了嗎？

Click!
But is the door really
closed?

你最好翻回第一頁，
再檢查一次……

Better check again
at the front of the
book...

閱讀《不要打開這本書！》
暢玩五彩顏色

文／邱瓊慧（國立臺北護理健康大學嬰幼兒保育系助理教授）

《不要打開這本書！》的書名，十足激發了讀者的好奇心，當然一定要打開看看啊！

一打開書，翻到扉頁，映入眼簾的是「哇！好美、好繽紛呀！」在繽紛的色彩中，幾隻五彩動物更是奪人眼目，有五彩斑馬、五彩熊，還有五彩馬來貘、五彩浣熊、五彩企鵝；數一數，發現有五隻動物（點數）；再把書拿遠一些，才看出原來扉頁是用噴畫技法畫出來的森林！這噴畫的技法，非常適合小小孩塗鴉和探索顏料（準備乾淨的牙刷和顏料），繽紛的扉頁，就很值得家長和孩子一探其中了！

善用「提問」，
引發衝突，培養思考力

藉由扉頁，向孩子提問：「這幾隻五彩動物是什麼動物呢？」、「我們在動物園看到的斑馬是彩色的嗎？」然後再繼續追問：「為什麼斑馬會變成彩色的？」、「企鵝、黑熊為什麼也都變成彩色的呢？」此目的在引發與孩子舊經驗的認知衝突，培養思考力！

透過此「預測」策略，引導孩子思考，提取自己的先備經驗，也激發孩子想要閱讀這故事的動機。接著，便可以跟孩子說：「我們趕快來看故事，看看為什麼這些動物都變成彩色的呢？」

故事邀請讀者互動，
順勢引導孩子邊讀邊玩

翻開故事的第一頁，五隻動物都瞪大眼睛看著「我」！再翻到下一頁，五隻動物全都迅速跑出籠子外，書上的文字卻要「我」拍拍動物的屁股，讓動物停下來！這樣直接要求讀者互動的文字設計，真的是抓住了小小讀者的心，知道小小讀者會把動物擬人化、認為動物在跟自己玩呢！家長便可順勢帶著孩子的手，拍拍繪本裡動物的屁股。

翻到下一頁，五隻動物真的定格不動了，但其中一隻跑得最快，已經鑽進小屋裡。此時再向孩子提問：「動物們怎麼了？」（每隻動物都只有一隻腳著地，另一隻腳離地半抬著。）其次，引導孩子「點數」有幾隻動物？「1 2 3 4 ⋯⋯『5』，第五隻不見了！在這裡嗎？啊！只看到後腳和尾巴。」然後提問：「你知道那是哪隻動

物嗎？」如果孩子年紀尚小，也可以往前翻回第一頁，或者前後兩頁來回翻閱，引導孩子配對覺察，找出先跑進小屋裡的是「浣熊」！

鮮明對比的圖像，利於突顯故事的訊息

　　這兩頁沒有開燈的小屋裡，黑漆漆的什麼都看不見，只看到「兩個、兩個一對的眼睛」。鮮明的黑白對比，讀者更能清楚的看見1、2，1、2……一對對的兩個眼睛。家長可以引導孩子透過「點數」1、2，讓孩子知道「兩個眼睛，指的是一隻動物的兩個眼睛。」帶著孩子以「兩個眼睛一數」的方式，來點數看看有幾隻動物。

　　再指著開關向孩子提問：「這是什麼？」引導孩子發現圖像最右邊的電燈「開關」，順著故事線繼續讀故事；若孩子年紀較小，則可直接告訴孩子「這是電燈的開關」，並請孩子「按下」開關來開燈。

　　燈一亮，小屋裡的五隻動物都目瞪口呆的定格不動，並繼續提問：「動物們在做什麼呢？」（塗油漆）、「黑熊塗了什麼顏色？」依序一個個繼續提問，請孩子說說企鵝、浣熊、馬來貘、斑馬等各自塗了什麼顏色？接著，請孩子預測五隻動物會把油漆塗在自己身上哪些部位？（預測故事的後續）。果然，一翻頁看到每隻動物都只塗滿一種顏色在自己身上時，孩子也會對自己的預測進行驗證。

從五彩色塊中辨識物體外形

　　引導孩子在五彩色塊中找出五隻動物，培養孩子覺察和辨識動物特徵（動物的輪廓外形等）的認知能力。順著故事線繼續往下一頁閱讀，並向孩子提問：「擦掉動物身上的顏色後，顏色去哪裡了？為什麼？」、「掉落在五隻動物面前的顏色各是什麼？」

　　引導孩子深呼吸、用力吹氣，「我們來把顏色吹散吧！」此時，五隻動物也瞬間變成了五彩動物！再向孩子提問，「這五隻動物原本應該是什麼顏色呢？」然後再翻到下一頁，讓孩子自己從圖像中驗證跟自己剛才回答的顏色是否相同。

一次朗讀一種語言培養語感，感受語言的音韻之美

　　《不要打開這本書！》以中英雙語同時呈現故事，在閱讀時，一次只用單一語言──中文或英文，從頭到尾朗讀故事，讓孩子以「聽」故事的方式，來熟悉中文或英文的語感，以及熟悉中文和英文的聽覺語彙。來回閱讀多遍，進而熟悉故事、掌握故事內容以及前後因果關係，而達到深度閱讀的閱讀理解。

　　親子共讀《不要打開這本書！》，也和書裡的五隻動物一起加入有趣的雙語互動遊戲吧！

http://qrcode.bookrep.com.tw/open-g

掃描QR Code或輸入網址，
跟著音檔玩遊戲！

找一找，這裡躲了哪些動物呢？
說出動物的名稱，
以及他們變成什麼顏色了！

Can you find the animals?
Say the names of the animals
and their colors.

Malayan tapir 馬來貘

green 綠色

bear 熊
blue 藍色

zebra 斑馬
red 紅色

raccoon 浣熊
brown 褐色

penguin 企鵝
yellow 黃色

文圖 拉爾夫·布茨科夫（Ralf Butschkow）

出生於 1962 年，在德國柏林藝術大學學習「視覺傳達」，現在和兩個孩子居住在柏林。原本是廣告公司的自由工作者，後來轉換跑道，成為童書插畫家，並在設計與插畫學院擔任講師。

譯 汪仁雅

喜愛文字和圖像點構出的意義坐標，那裡有寬容、理解、哀矜勿喜的體會，有可親可愛、酣暢淋漓的生命滋味。認為閱讀構築出迷人的星系，仰望就能得到信仰。在小熊出版的譯作有《如果動物要上學》、《10隻小鴨躲迷藏》。

國家圖書館出版品預行編目（CIP）資料

不要打開這本書！Don't Open This Book！／拉爾夫．布茨科夫（Ralf Butschkow）文．圖；汪仁雅譯．-- 初版．-- 新北市：小熊出版，遠足文化事業股份有限公司，2024.06；
36 面；25 × 25 公分；中英對照
譯自：Bloß nicht öffnen!
ISBN 978-626-7429-76-1（精裝）
1.SHTB：圖畫故事書 --3-6 歲幼兒讀物
875.599　　　　　　　　　　113006398

中英雙語

不要打開這本書！Don't Open This Book！

文／圖：拉爾夫·布茨科夫｜譯：汪仁雅

總編輯：鄭如瑤｜主編：陳玉娥｜責任編輯：吳佐晰
美術設計：黃淑雅｜行銷經理：塗幸儀｜行銷企畫：袁朝琳
英文錄音：Margaret Haw-Yuann Maa（馬昊媛）
中文錄音：馬君珮｜錄音後製：印笛錄音製作有限公司
出版：小熊出版／遠足文化事業股份有限公司
發行：遠足文化事業股份有限公司（讀書共和國出版集團）
地址：231 新北市新店區民權路 108-3 號 6 樓
電話：02-22181417｜傳真：02-86672166
劃撥帳號：19504465｜戶名：遠足文化事業股份有限公司
Facebook：小熊出版｜E-mail：littlebear@bookrep.com.tw

讀書共和國出版集團網路書店：www.bookrep.com.tw
客服專線：0800-221029｜客服信箱：service@bookrep.com.tw
團體訂購請洽業務部：02-22181417 分機 1124
法律顧問：華洋法律事務所／蘇文生律師
印製：凱林彩印股份有限公司
初版一刷：2024 年 06 月｜定價：380 元
ISBN：978-626-7429-76-1（紙本書）
　　　978-626-7429-74-7（EPUB）
　　　978-626-7429-75-4（PDF）
書號：0BBL1002

版權所有·翻印必究　缺頁或破損請寄回更換
特別聲明　有關本書中的言論內容，不代表本公司／出版集團之立場與意見，文責由作者自行承擔。

Baumhaus Verlag in the Bastei Lübbe AG
© 2021 Bastei Lübbe AG, Germany

小熊出版讀者回函　　小熊出版官方網頁